AF395438

OFFRANDE
A LA PATRIE,
OU
DISCOURS
AU TIERS-ÉTAT
DE FRANCE.

Quidquid delirant Reges, plectuntur Achivi.

AU TEMPLE DE LA LIBERTÉ.

1789.

OFFRANDE
A LA PATRIE.

PREMIER DISCOURS.

Mes chers Concitoyens,

C'en est fait, le prestige est détruit.

Les voilà donc enfin, ces Ministres audacieux, décriés par leur ineptie, avilis par leurs déprédations, abhorrés par leurs excès, & proscrits par l'indignation publique ! Traîtres à leur Maître, traîtres à leur pays, ils ont, à force de forfaits, compromis l'autorité, & poussé l'Etat sur le bord de l'abîme.

Nagueres encore leurs lâches suppôts répétoient, avec insolence, que *les Monarques ne tiennent leur pouvoir que de Dieu & de leur épée* (1), *qu'ils*

____

(1) Par une suite de la foiblesse humaine , les Princes

A

font maîtres de leurs Sujets, comme un berger eſt maître de ſes moutons, qu'il faut faire mourir le

---

ne font que trop portés à prêter l'oreille à ces funeſtes maximes, & il n'eſt pas rare de les entendre répéter, *qu'ils ne tiennent leur autorité que de Dieu & de leur épée.* Comment ne s'eſt-il jamais trouvé un Miniſtre aſſez courageux, pour leur faire ſentir l'abſurdité de cet adage gothique ? Que pourroit le Monarque ſeul contre la Nation entiere, qui l'a placé ſur le Trône, ſi elle venoit à l'abandonner ? Corrompra-t-il l'armée par l'appât du pillage, pour la faire marcher contre ſes Sujets ? Mais que pourroit la plus nombreuſe ſoldateſque, contre une Nation qui voudroit ſe défendre ? Laiſſons là ces triſtes réflexions. Le temps n'eſt plus où les Princes diſpoſoient aveuglément des armées : les Militaires ſont les défenſeurs de l'Etat, ils le ſçavent, & ils s'honorent de ce titre ; on ne les verra donc plus prêter leur bras pour égorger leurs freres, qui les nourriſſent. L'Officier ſur-tout rougiroit d'être regardé comme une bête féroce, que le Prince lâche à ſon gré ſur de paiſibles Citoyens. Béni ſoit le Ciel, le jour eſt enfin venu, où les Monarques eux-mêmes ſeront réduits à l'heureuſe néceſſité d'être les peres de leurs Peuples, après en avoir été ſi long-temps les tyrans. Rois de la terre, rénoncez déſormais au pouvoir arbitraire, devenu odieux : bientôt vous ne régnerez plus que par la juſtice, la

Peuple de faim, pour qu'il les faſſe vivre, qu'il faut l'aveugler pour qu'il obéiſſe, & que plus il eſt foulé, plus il eſt ſoumis. Infenſés ! ils ignoroient que la patience a ſes bornes, qu'une Nation généreuſe, laſſe de ſouffrir, ſecoue toujours le joug, que les gémiſſements du déſeſpoir ſe changent en accès de fureur, & que les cris de la liberté ſont toujours prêts à ſortir des feux de la ſédition.

Graces aux lumieres de la Philoſophie, le temps eſt paſſé, où l'homme abruti ſe croyoit eſclave. Honteux de leurs funeſtes maximes, les ſuppôts de la tyrannie gardent le ſilence ; de toutes parts les ſages élevent la voix, ils répetent aux Monarques, *qu'en tout Etat, la ſouveraine puiſſance*

fageſſe, la douceur. Mais quel plus glorieux empire pourriez-vous deſirer, que de commander à des Nations généreuſes, qui ſe feront un devoir de vous obéir ? Comme un lion terrible qui flatte l'homme qu'il pourroit dévorer, on les verra plier leur tête ſous votre joug paternel, & rendre hommage à votre Trône, qu'elles ſeroient maîtreſſes de renverſer.

A 2

réside dans le corps de la Nation, que de lui émane toute autorité légitime, que les Princes ont été établis pour faire observer les Loix, qu'ils y sont soumis eux-mêmes, qu'ils ne regnent que par la justice, & qu'ils la doivent au dernier de leurs Sujets. Vérités consolantes! faut-il qu'on les perde si-tôt de vue dans les temps prosperes, & qu'on ne s'en souvienne que dans les temps de calamité?

Ici, quel tableau déchirant s'offre à mes regards! O ma Patrie! des vautours insatiables ont dévoré ta substance, des mains barbares ont plongé le fer dans ton sein : affoiblie par tes pertes, exténuée par le jeûne, je te vois encore couverte de blessures & baignée dans ton sang.

Accablée sous le poids de tes maux, long-temps tu gémis en silence : l'excès de tes tourments t'a enfin arraché des cris de désespoir ; ils ont retenti aux oreilles de ton Roi, & son cœur paternel a été ému de compassion ; il a sondé tes plaies, & ses entrailles ont tressailli de douleur ; il vole à ton secours. Indigné de l'abus que des serviteurs infideles ont fait de sa puissance, il veut lui-même

(5)

enchaîner l'audace criminelle de ceux qui seroient tentés de les imiter, il veut lui-même t'élever un boulevard contre leur fureur.

Heureuse, si ses intentions bienfaisantes ne sont pas rendues vaines par les ennemis de ton repos. Plus heureuse encore, si ton sein n'étoit pas déchiré par tes enfants. Scandaleux sybarites, les uns font vœu de pauvreté, & ils consument dans le faste & les voluptés mondaines le bien des pauvres; ils font vœu d'humilité, & ils réclament les distinctions de l'orgueil; ils se disent les Ministres du Dieu de paix, & ils soufflent par-tout les feux de la discorde. Ridicules paladins, les autres (dans un accès de délire) cherchant à alarmer le Monarque, & lui offrant leurs bras pour t'égorger, appelloient sur toi la destruction & la mort (1). Armée de constance, tu as conjuré l'orage, & tu

____

(1) Nous n'enveloppons point dans ces factions les deux premiers Ordres de l'Etat, qui renferment encore dans leur sein un grand nombre d'hommes vertueux, dignes de nos hommages, & dont les noms chéris passeront avec éloge à nos derniers neveux.

A 3

as accablé ces factions criminelles fous le poids de la raifon. Déjà l'une eft déconcertée par l'exemple héroïque d'un Prélat (1) vénérable, qu'elle n'a pas la force d'imiter ; elle garde le filence, & elle attend fon fort des événements : tandis que l'autre, humiliée par l'exemple généreux des plus illuftres perfonnages, laiffe dormir fes prétentions in-juftes, & cherche à te donner le change par des actes d'une fauffe générofité.

O François ! vos maux font finis, fi vous êtes las de les endurer : vous êtes libres, fi vous avez le courage de l'être. L'Europe entiere applaudit à la juftice de votre caufe ; convaincus de la légi-timité de vos droits, vos ennemis même ont ceffé de s'infcrire contre vos réclamations ; & pourvu que vous abandonniez le deffein de les confacrer dans l'Affemblée Nationale, loin de refufer de fubvenir aux befoins de l'Etat, dont ils

---

(1) Jean-Georges le Franc de Pompignan, Archevêque de Vienne en Dauphiné, en ne fe réfervant fur les revenus de fon Archevêché que deux mille écus, a donné à fes Con-freres un bel exemple à fuivre, mais difficile à imiter.

ont été jufqu'ici les fang-fues, ils offrent d'en acquitter feuls la dette. D'en acquitter feuls la dette;
mais le peuvent-ils? & où prendroient-ils de quoi
combler l'abîme? Libérateurs préfomptueux, en
eft-il cent dans le nombre qui ne foient ruinés par
le luxe, par les prodigalités, par le jeu, par le
brigandage de leurs gens d'affaires? en eft-il cent
qui ne foient eux-mêmes obérés? Voyez leurs
terres en décret, en friche, ou en vente; voyez
leurs biens en faifie réelle, ou en direction. Mais
quand ils ne s'abuferoient pas, quand ils pour-
roient, quand ils voudroient libérer le Gouvernement, leur pompeux facrifice ne feroit qu'une ref-
fource précaire, & l'Etat a befoin de reffources
affurées. Défiez-vous du piege qu'ils vous tendent.
Ils confentent à payer un jour fans mefure, pour
ne plus payer de la vie; & s'exécutant une fois
pour toutes, ils refteroient maîtres du champ de
bataille, ils vous tiendroient abattus pour toujours,
ils appefantiroient vos fers, & continueroient à
s'engraiffer de votre fueur, à fe gorger de votre
fang.

Ils avoient arrêté de ne pas vous reconnoître

pour l'Ordre principal de la Nation ; & quoiqu'ils ne tiennent plus les mêmes discours, leur conduite n'a point changé. Ne voyant qu'eux dans la nature, ils se comptent pour la Nation entiere. Qu'ils prennent donc à jamais sur eux seuls toutes les charges de l'Etat, qu'ils le soutiennent, le défendent & le fassent fleurir ; qu'ils fécondent les champs, qu'ils bâtissent les villes, qu'ils exploitent les mines, qu'ils conduisent les atteliers, qu'ils dirigent les manufactures, qu'ils fassent le commerce, qu'ils rendent la justice, qu'ils instruisent la jeunesse, qu'ils construisent les vaisseaux, qu'ils équipent les flottes, qu'ils forment les armées. Et vous, Citoyens malheureux, fuyez une Patrie ingrate qui vous doit tout, & qui vous rejette de son sein. Mais où m'emporte un saint zele ? Non, non, ne quittez point vos foyers, & sentez ce que vous pouvez. C'est vous qui faites la force & la richesse de l'Etat. A votre tête, le Roi sera toujours le plus puissant Monarque de l'Univers ; mais sans vous, à la tête de la Noblesse & du Clergé, il ne seroit jamais qu'un simple Seigneur au milieu de ses Vassaux ; &,

femblable à ces petits Princes de l'Empire , forcé de mendier la protection d'un voifin puiffant, crainte d'en être écrafé, il cefferoit bientôt d'être compté parmi les Potentats. Que dis-je ? fans vous, la France, arrofée de votre fueur & de vos larmes, cefferoit de fe couvrir de moiffons, elle ne feroit plus qu'un défert : fans vous, la fource de fa fécondité feroit tarie, & le Monarque lui-même périroit de faim. Qu'ils vantent avec fafte leurs exploits, leurs fervices; que font-ils, comparés aux vôtres ? Forcé de faire un choix entr'eux & vous, le Roi pourroit-il balancer un inftant ? Mais, graces au Ciel, il n'en fera point réduit à cette dure extrémité; & la Nation ne fera point divifée, diffoute, anéantie. Au flam-beau de la raifon s'évanouiront peu-à-peu les ténebres qui fafcinent les yeux de vos ennemis : rentrant en eux-mêmes, & confultant leurs vrais intérêts, ils cefferont de s'armer contre la juftice. O mes Concitoyens ! l'excès de vos maux a fait fentir la néceffité du remede. Une occafion unique fe préfente de rentrer dans vos droits : connoiffez une fois le prix de la liberté , connoiffez une fois le prix d'un inftant. Que la fageffe dirige toutes vos démarches, mais foyez inébranlables; & quelqu'avantage qu'on vous propofe, duffent vos ennemis fe charger feuls du fardeau des impôts, refufez tout . . . tant que vos droits n'auront pas été fixés d'une maniere irrévocable. Or, c'eft dans l'Affemblée Nationale, où vous devez les établir folemnellement, & les confacrer fans retour.

A quoi n'avez-vous pas droit de prétendre, & de quoi n'avez-vous pas befoin ? Dans l'état où je vous vois, vous ne devez pas feulement exiger de quoi vous nourrir, vous vêtir, vous loger, élever vos enfants & les établir convenablement; mais vous devez affurer la liberté de vos perfonnes contre les attentats du defpotifme miniftériel, votre innocence contre des Juges iniques, l'honneur de vos femmes & de vos filles contre les entreprifes des féducteurs titrés, votre réputation contre les atteintes des calomniateurs en crédit, obtenir juftice contre des oppreffeurs puiffants, & vous procurer les facilités de développer vos talents, & de les cultiver pour votre bonheur. Vous le devez à vous, à vos enfants, à votre Patrie, à votre Roi. C'eſt le ſeul moyen de rendre la Nation floriſſante, reſpectée, redoutable, & de porter au comble de la gloire l'honneur du nom François.

SECOND DISCOURS.

Non, mes chers Compatriotes, il n'eſt rien qué vos ennemis ne mettent en œuvre pour éviter cette Aſſemblée auguſte où vous prendrez la qualité de Citoyens. Chaque jour ils vous tendent de nouveaux pieges. Hier ils eſſayoient de vous ſubjuguer, aujourd'hui ils s'efforcent de vous diviſer : efforts impuiſſants, tant qu'il vous reſtera quelque vertu.

Déjà toutes les claſſes du Tiers-Etat, unies par leurs intéréts communs, ſe ſont rapprochées, & correſpondent.

Mes chers Compatriotes, jettez les yeux ſur

vos forces , moins pour les calculer (elles font immenfes , irréfiftibles) que pour connoître vos faux freres , & fçavoir fur qui vous devez compter.

Vos ennemis cherchent à détacher de votre Ordre les Financiers ; mais ces hommes fortunés font trop judicieux pour fe couvrir de ridicule, en fe parant de vains titres ; pour faire corps avec une claffe d'hommes qui ne s'allient à eux que par la foif de l'or, pour prendre parti dans une action qui les méprife , & dont ils ne connoiffent que trop les prétentions tyranniques.

Vos ennemis cherchent à détacher de votre Ordre les nouveaux Nobles, les Gens du Roi , les Officiers Municipaux des Villes ; mais ces hommes eftimables font trop fupérieurs aux peti-teffes de la vanité , pour ne pas fe glorifier du titre de Citoyens , pour abandonner leurs freres qui les honorent , & prendre parti dans une fac-tion dont ils ont fouvent éprouvé les prétentions tyranniques.

Vos ennemis cherchent à détacher de votre Ordre le Corps des Avocats, les Magiftrats des

(13)

Tribunaux subalternes; mais ces défenseurs intrépides de l'innocence, ces vengeurs des Loix ne connoissent point d'autre noblesse que celle des sentiments: fideles à leurs principes, on ne les verra point prendre parti dans une faction dont ils répriment si souvent les prétentions tyranniques.

Vos ennemis cherchent à détacher de votre Ordre le Corps des Curés; mais ces Ministres respectables de la Religion, qui sçavent que tous les hommes sont freres, & qui leur prêchent sans cesse l'humilité, n'iront pas afficher des distinctions mondaines, que l'Evangile réprouve, & prendre parti dans une faction dont ils déplorent chaque jour les prétentions tyranniques.

Vos ennemis cherchent à détacher de votre Ordre les Lettrés, les Sçavants, les Philosophes; mais ces hommes précieux qui consacrent leur vie à vous éclairer, à vous instruire de vos droits, qui plaident votre cause avec tant de zele, & qui disent si bien que les hommes ne s'illustrent que par leurs talents & leurs vertus, pourroient-ils devenir de vils déserteurs, & prendre lâchement parti dans une faction dont ils combattent eux-mêmes les prétentions tyranniques ?

Ainsi le Tiers-Etat de France est composé de la classe des Serviteurs, de celles des Manœuvres, des Ouvriers, des Artisans, des Marchands, des Gens d'affaires, des Négociants, des Cultivateurs, des Propriétaires fonciers & des Rentiers non titrés ; des Instituteurs, des Artistes, des Chirurgiens, des Médecins, des Lettrés, des Sçavants, des Gens de Loi, des Magistrats des Tribunaux subalternes, des Ministres des Autels, de l'armée de terre & de mer : légion innombrable, invincible, qui renferme dans son sein les lumieres, les talents, la force & les vertus.

A sa tête se mettent ces Gentilshommes, ces Magistrats, ces Seigneurs, ces Prélats, ces Princes généreux & magnanimes qui oublient leurs prérogatives, épousent votre cause, & se contentent d'être de simples Citoyens.

A sa tête devroient aussi se mettre ces Sénateurs trop long-temps exaltés, qui prétendent être les pères du Peuple & les dépofitaires des Loix ; mais les Parlements ont abandonné le Tiers-Etat, & le Tiers-Etat les abandonne à fon tour.

Qu'y perdra-t-il ? On leur reproche de s'être toujours peu fouciés du Peuple , mais d'avoir toujours été fort jaloux de certains privileges & des honneurs patriciaux.

On leur reproche de fe donner à la ville pour les défenfeurs des opprimés , & d'opprimer eux-mêmes à la campagne le foible qui a le malheur d'être leur voifin.

On leur reproche de n'avoir jamais fait juftice à qui que ce foit contre le moindre de leurs Membres.

On leur reproche de n'avoir rejeté l'impôt territorial , que parce qu'ils craignoient de fupporter leur part des charges publiques.

On leur reproche de ne s'être élevés contre les lettres de cachet , que lorfqu'elles ont commencé à frapper fur leurs têtes.

On leur reproche d'avoir demandé les Etats-Généraux , pour fanctionner la levée des nouveaux impôts ; & de se donner, eux, les Pairs & le Clergé, pour les Etats-Généraux (1), dès qu'il est question d'y faire entrer le Tiers-Etat.

On leur reproche d'avoir poussé le Tiers-Etat à réclamer ses droits, & d'avoir étouffé sa voix lorsqu'il a voulu faire entendre ses réclamations.

On leur reproche d'avoir rendu des Arrêts contre les attroupements, & d'avoir eux-mêmes excité en secret des émeutes.

On leur reproche d'avoir réclamé sans relâche, deux de leurs Membres arrêtés par lettres de cachet, & de n'avoir qu'une fois fait mine de venger la mort de tant de Citoyens égorgés militairement.

On leur reproche d'avoir demandé la liberté

---

(1) S'ils sont les Etats-Généraux, eux, les Pairs & le Clergé ; pourquoi en avoir demandé la convocation ? Ne sont-ils pas toujours assemblés en Parlement ? N'est-ce pas se jouer effrontément de la Nation, que d'en agir de la sorte ? & l'Auteur patelin qui essaie de les justifier, a-t-il bonne grace de chercher à inspirer de la défiance sur la pureté des intentions du Roi, tout en balbutiant sur leur Arrêt relatif à la Pétition des six Corps, & à leur défense aux Notaires de recevoir des signatures ?

de

dé la Preſſe , dans l'eſpoir d'être flagornés ; puis d'en avoir demandé la ſuppreſſion , dans la crainte d'être cenſurés.

On leur reproche de s'être tournés tantôt vers la Nation , tantôt vers le Gouvernement , ſuivant les circonſtances ; & d'avoir eſſayé tour à tour de faire du Monarque (1) & du Peuple , un inſtrument de fureur contre celui qui s'oppoſeroit à leurs vues ſecrettes , à leurs projets ambitieux.

On leur reproche d'aſpirer à l'indépendance , & de ne s'oppoſer au Roi , que dans l'eſpoir de partager un jour ſon autorité.

---

(1) Faut-il en croire la renommée ? hélas ! le fait n'eſt que trop certain. Oui , à la honte éternelle de la Magiſtrature , le Parlement de Rennes , qui s'étoit ſi diſtingué en frondant les expéditions militaires ordonnées contre le Peuple , vient lui-même d'envoyer une députation à Verſailles , pour demander des troupes contre le Tiers-État , qui lui conteſte d'injuſtes prétentions. Juſte Ciel ! ſont-ce donc là les peres de la Patrie ? Changés en bourreaux , ils ſont prêts aujourd'hui à déchirer ſes entrailles. Leur maſque eſt tombé : malheureux Peuple , connois enfin tes Protecteurs , & gémis de ta ſotte crédulité , gémis du ſang verſé pour leur défenſe.

B

On leur reproche un esprit (1) de Corps in-
soutenable, une odieuse partialité.

On les accuse d'ambition, d'insubordination,
de révolte, d'injustice, de tyrannie ; & ils ne se
justifient sur aucun point. Que penser de ce
silence ? A voir leurs beaux discours & leurs hor-
ribles procédés ; leur morale si douce dans la
théorie, & si dure dans la pratique ; leur politique
si sage en apparence, & si perfide en effet ;
tant de modestie sur les levres, & tant d'orgueil
dans le cœur ; tant d'humanité dans les maximes,
& tant de cruauté dans les actions ; des hommes si
modérés & des Magistrats si ambitieux, des Juges
si integres & des jugements si injustes, on ne sçait

____

(1.) L'esprit de corps est une tache indélébile, même
dans un homme de bien. Un Président à Mortier que le Public s'étoit toujours plu à regarder comme un Sage, demandoit, il y a quelques jours, à des Libraires-Imprimeurs...
& *votre Communauté ira-t-elle aussi signer la Pétition ?* Belle
demande ! qu'il jette les yeux sur cette multitude d'écrits
patriotiques que chaque jour voit éclorre, & puis qu'il
doute encore du patriotisme de ces hommes estimables,
qui dans tous les temps ont contribué à la propagation
des lumieres.

plus à quoi s'en tenir ; & le titre touchant de
peres du Peuple, dont ils se parent avec osten-
tation, ne semble plus qu'un titre dérisoire,
destiné à désigner avec ironie des sujets dange-
reux, d'inhumains égoïstes.

TROISIEME DISCOURS.

JE me rappelle toujours avec amertume la joie
peu discrere du Public, à la nomination de l'Archevêque de Toulouse au Ministere. *C'est un
homme d'esprit, c'est un homme de génie*, disoit-on
tour à tour avec enthousiasme ; & l'on partoit
de-là pour concevoir les plus grandes espérances.
Mais suffit-il d'avoir de l'esprit pour être à la
tête du Gouvernement, si l'on manque des talents
de l'Homme d'Etat, si l'on n'est exercé au manie-
ment des affaires ? Et où, je vous prie, ce Prélat
sémillant avoit-il puisé les lumieres nécessaires à
un premier Ministre ? dans des cercles brillants,
à la toilette des femmes galantes, dans des in-
trigues de Cour ?

D'ailleurs, quand il auroit eu tout le génie qui
lui manquoit, les talents ne suffisent pas, il faut

des vertus ; & que pouvoit-on attendre d'un Cour-
tisan consommé , d'un de ces hommes dont l'ame
est continuellement en proie à l'ambition , à la
cupidité , à l'avarice , & qui font métier de fauf-
feté , d'astuce , de rapines & de trahisons ?

Funeste présage ! falloit-il que l'événement le
justifiât si-tôt ? Vous l'avez vu , oui , vous l'avez vu
ce déprédateur insatiable , débuter au Ministere
par assouvir sa soif de l'or , se couvrir des dépouilles
de la Nation , & lui arracher ses derniers lam-
beaux , lorsque le Peuple affamé lui demandoit du
pain. Par une fatalité sans exemple , l'illusion
s'est perpétuée jusqu'au dernier moment ; & pour
revenir sur son compte , il a fallu , qu'avouant lui-
même son incapacité , & tremblant à l'approche de
l'orage , il prît la fuite , laissant à découvert le nou-
vel abîme où il venoit de précipiter la Nation (1).

____

(1) On dit qu'il s'est réfugié à Rome , où il attend le
Chapeau de Cardinal , pour prix de ses attentats : on assure
même qu'il a la parole du Roi. Quoi ! la Pourpre Romaine
deviendroit la récompense de l'ineptie , de l'inconduite &
des forfaits ? Mais où est le Monarque assez dépourvu de
sens , pour consommer cet odieux mystere ? Et ce seroit
Louis XVI , le Pere du Peuple , qui en donneroit le

Mes chers Concitoyens, que le paffé vous ferve de leçon pour l'avenir ; armez-vous de prudence, & foyez féveres fur le choix de vos Repréfentants à l'Affemblée nationale, comme vous le feriez aujourd'hui fur le choix d'un Miniftre d'Etat.

Ecartez de l'arene la jeuneffe imprudente & fougueufe, les hommes affichés par leur légéreté & leur enjouement, les hommes portés à la diffipation, au fafte, à la débauche, à l'avarice, à l'ambition.

---

fcandale au monde entier ! Loin de nous ces bruits ridicules. Trop fage, trop vertueux pour récompenfer des crimes, le Roi n'ignore point, qu'après un pareil exemple, une Nation judicieufe ne pourroit plus avoir de confiance dans fon Chef. Il eft vrai qu'il a d'abord fouftrait le coupable au châtiment, & ce fut bonté compatiffante ; mais aujourd'hui qu'il eft inftruit, il fera paroître à l'Affemblée des Etats ce Serviteur infidele, pour rendre compte de fa conduite, & il follicitera lui-même la vengeance des Loix. Là auffi s'eft vanté de paroître cet autre déprédateur, qui a cherché un afyle en Angleterre, Adminiftrateur doublement criminel, & d'avoir livré au pillage le Tréfor public, & d'avoir fait paffer chez l'étranger le fruit de fes propres rapines. Puiffent-ils y recevoir tous deux la peine due à leurs forfaits.

Lumieres & vertus, voilà les qualités indispen-
sables d'un Représentant du Tiers-Etat. N'élevez
à cette dignité que des hommes d'un sens droit,
d'une probité reconnue, & dont les talents ne
soient pas équivoques ; des hommes zélés pour le
bien public, versés dans les affaires, & dont les
intérêts soient inséparables des vôtres ; des hommes
graves, d'un âge mûr, ou dont la vieillesse respec-
table couronne une vie sans reproche. Et afin
que leur vertu soit à couvert de toute tentation,
choisissez des hommes au-dessus des besoins par
leur fortune ou leur travail ; des hommes indé-
pendants par leurs emplois, ou dont les places
ne-dépendent, ni de la faveur, ni des Grands, ni
d'un Ministre.

Du choix de vos Représentants dépend votre
bonheur, votre salut. Le soin de vos fortunes,
de votre liberté, de votre honneur ; l'amour pour
vos familles, pour votre Patrie, pour votre Roi ;
la Religion & la gloire de l'Etat se réunissent en
ce moment pour solliciter votre prudence, armer
votre vertu. Lorsque de si grands intérêts se font
entendre, les petites passions oseront-elles élever

leur voix ? Tremblez qu'en méprifant les confeils
de la fageffe, & en prêtant l'oreille aux appâts
de la féduction, vos propres mains ne creufent
un abîme fous vos pieds. Tremblez que vos enfants ne vous reprochent un jour d'avoir rivé leurs
fers, & qu'en déplorant les fruits amers de la
fervitude, & gémiffant fur leurs maux, ils ne
maudiffent un jour la vénalité de leurs peres.

QUATRIEME DISCOURS.

LA fortune des Empires, comme celle des
Particuliers, dépend d'une fage Adminiftration ;
& la ruine de l'Etat le plus floriffant eft auffi-tôt
confommée par un Miniftere corrompu, que celle
d'une maifon opulente par un diffipateur. Trifte
vérité, dont nous venons de faire une fi cruelle
expérience !

Il fembloit que depuis vingt ans, le génie tuté-
laire de la France eût difparu ; & que pour punir
la Nation de fon aveugle obéiffance, il l'eût livrée

sans retour à des Ministres (1) ineptes , insensés & déprédateurs.

A compter de celui qui ruina tant de Sujets, & qui ébranla le crédit national, en violant les engagements du Monarque , on auroit dit qu'un esprit de vertige & de démence avoit présidé à leur choix.

N'a-t-on pas vu au Département de la Guerre, un Sardanapale , sans expérience , sans talents, sans lumieres , borner les fonctions de sa place à représenter, à trafiquer des emplois, & à s'amuser avec des catins ?

N'a-t-on pas vu au Département de la Marine, un homme qui n'en connoissoit pas la moindre opération ; un homme qui de ses jours n'avoit vu

---

(1) Ne confondons point dans leur foule quelques hommes estimables par leurs connoissances & leurs bonnes intentions. N'y confondons pas sur-tout ce grand Homme d'Etat , que ses talents appellerent à l'Administration des finances , également distingué par la sagesse de ses vues & la pureté de ses mains : le premier , & le seul encore , il osa porter le flambeau dans ce dédale obscur , & déjà il en auroit comblé les abîmes , si la basse jalousie ne l'avoit éloigné trop tôt pour notre bonheur.

la mer, qui de ſes jours n'avoit vu un navire;
un homme qui fit ſon (1) apprentiſſage de Marin,
en regardant manœuvrer un vaiſſeau de carton dans
un baſſin d'eau ; un homme enfin qui n'avoit d'autre
titre pour ordonner nos flottes, diriger leurs expéditions, protéger nos Iſles, & faire fleurir le
commerce, que l'attention qu'il avoit eue de ré-
galer la Cour des hiſtoires ſcandaleuſes de la Ville,
que l'adreſſe qu'il avoit montrée en capturant des
eſcrocs & des frippons?

N'a-t-on pas vu au Département des Finances,
deux Hommes de Loi, vieillis dans les diſcuſſions
du Barreau, n'ayant d'idée que des formalités juri-
diques, & ne ſçachant pas même compter juſqu'à
trois? N'y a-t-on pas vu un intriguant bouffi de
vanité, un exacteur de province, abîmé de dettes ;
un déprédateur faſtueux, ſans pudeur & ſans remords?

N'a-t-on pas vu à la tête du Miniſtere, un bouf-

---

(1) Pour exercer le plus vil emploi, il faut un apprentiſſage :
par quel aveuglement les Princes ont-ils pu croire que le
premier venu étoit propre aux fonctions importantes du
Gouvernement?

fon furanné, dont l'unique talent étoit d'amufer le Prince, & dont l'unique affaire étoit d'abufer de l'autorité, pour fatisfaire fes petites paffions, & avancer fes protégés ? N'y a-t-on pas vu un Prêtre ambitieux, diftingué par fon fafte, fes me-nées, fes rapines, & dont le feul mérite étoit la foupleffe, l'aftuce, l'intrigue & la prodigalité.

N'a-t-on pas vu Chef de la Magiftrature, & ar-bitre fuprême de l'Imprimerie, un Magiftrat accufé de libelles contre la Reine ?

Favoris de la faveur, qu'ils fe montrerent dignes d'une telle mere ! Mais, hélas ! avons-nous été plus heureux avec ceux dont la raifon paroiffoit approuver le choix ?

Voyez ce brouillon politique, qui fuça chez les Mufulmans le poifon du defpotifme. Ennemi juré de la liberté, à peine en place, qu'il forma le projet de la bannir de la terre, de l'étouffer dans fon berceau (1). Les coups qu'il a portés à la

---

(1) Pour enchaîner les Suédois, il rendit leur Chef defpotique.

Pour mettre dans les fers une poignée de Républicains,

Nation, lui ont fait des blessures profondes : elles saignent encore, & peut-être saigneront-elles toujours.

Dans la vue d'écraser l'Angleterre, il fomenta la dissention dans leurs colonies, & il engagea la France dans une guerre malheureuse qui a épuisé ses finances, & dont elle ne se relevera jamais. Prompt à souffler les feux de la discorde chez les Peuples qu'il vouloit asservir, il se mettoit peu en peine si l'incendie s'étendroit jusqu'à nous, & si nous ne ferions pas enveloppés dans leur ruine. Sans sagacité, sans profondeur, sans prévoyance, il méconnoissoit les ressources qu'un Peuple libre sçait toujours se ménager, l'énergie qu'il déploie en se relevant, & la sagesse avec laquelle il rachete quelques moments de délire ; il ignoroit le grand art de lire dans l'avenir, de calculer les événements ; il voyoit les coups qu'il portoit, & ne voyoit

---

il fit marcher contre eux une armée de François, & ne craignit pas de faire passer son Maître pour un tyran.

Pour asservir les Anglois au pouvoir arbitraire, il fomenta chez eux la dissention, & tenta de renverser leur Gouvernement.

point ceux dont nous allions être écrasés. Bornant tous ses desseins à nuire, il nous épuisa pour arracher à nos ennemis l'Amérique, & ne songea pas même à nous l'attacher, & à nous faire recueillir les fruits de cette alliance. Que dis-je ? il fit tout pour nous faire abhorrer. Les Insurgents s'étoient jettés dans nos bras ; au lieu de nous montrer à eux comme des amis sûrs & fideles, il nous montra comme des aventuriers sans foi & sans loi. Ils manquoient de munitions, au lieu de commettre à des Négociants honnêtes le soin de les approvisionner, il en chargea un vil intriguant (1), un *Beaumarchais*, l'homme du monde le mieux fait pour décrier la Nation, & lui faire perdre le prix de tant de sacrifices (2).

---

(1) On prétend que c'est ce vieux enfant, qui deux fois régenta la France, qui fit donner cette commission à son protégé, pour le récompenser de quelques services secrets. Au demeurant, c'est un fait que le sieur Caron de Beaumarchais a accaparé tous les fusils de rebut tirés des Arsenaux de France, au prix de trois livres la piece, & qu'il les a vendus aux Insurgents sur le pied de cent vingt livres.

(2) On n'a pas encore oublié ce trait insultant pour

Après nous avoir épuisés pour humilier nos rivaux, il nous ruina par le traité de commerce qu'il conclut avec eux : traité funeste, qui a porté parmi nous l'anglomanie à son comble, qui a fait tomber nos manufactures, & qui a réduit à la mendicité une multitude innombrable d'Ouvriers précieux.

La conduite qu'il avoit tenue à l'égard des Anglois, il la tint à l'égard des Hollandois ; & ces nouvelles brouilleries acheverent de faire perdre à la Nation sa force & sa considération politique. Pour ôter à l'Angleterre l'appui de la Hollande, il excita des troubles dans les Provinces-Unies, il souleva une faction puissante contre le Stadhouder, & s'efforça de l'anéantir. Aussi peu prévoyant qu'il étoit remuant, il ne vit aucune des ressources du parti qu'il croyoit accabler. Frédéric II, sur le bord de la tombe, craignant de compromettre ses lauriers, cherchoit à rétablir les choses par la voie des négociations. Ce motif ne pouvoit enchaîner son

la Nation. Un vaisseau Bostonien, richement chargé, mouilloit dans le port de Nantes. La paix venoit de se conclure, la nouvelle lui en parvient, à l'instant il leve l'ancre, & va le jetter dans la Tamise.

Succeſſeur, dont l'attachement pour une ſœur chérie n'étoit pas douteux, ſans parler des raiſons d'Etat qui devoient rapprocher les Pruſſiens, les Hollandois & les Anglois, unir leurs forces, & reſſerrer leurs liens. Rien ne fut même prévu au cas d'une rupture : point de plan d'opérations, point d'armée prête, point de magaſin ſur les frontieres, point d'argent économiſé pour les frais de la guerre ; & loin d'avoir mis de l'ordre dans les finances, il avoit aidé lui-même à les diſſiper. L'état d'im-puiſſance où la France étoit réduite, engagea ſes ennemis à frapper un coup déciſif. En une nuit, vingt-ſept mille Pruſſiens pénetrent dans la Hol-lande : à leur approche, les factieux prennent la fuite, les portes s'ouvrent, & le Stadhouder replacé ſur le Trône, devient plus puiſſant que jamais. Bientôt ſon reſſentiment contre la France, ſon amitié pour l'Angleterre, ſa reconnoiſſance envers la Pruſſe, forment & cimentent la triple alliance. Alliance fatale à la Nation, & qui l'auroit déjà miſe à deux doigts de ſa perte, ſi le Ciel, jetant ſur elle un regard de pitié, n'avoit enchaîné les forces de ſes ennemis par une ſaiſon rigou-

(31)

reuſe, & par l'abſence d'eſprit de Georges III (1).

O ma Patrie, ma chere Patrie! toi que la nature a pris plaiſir à combler de ſes dons, quelle
eſt ta deſtinée, quand la faveur & l'intrigue nom-
ment tes conducteurs, s'il faut aujourd'hui que tu
portes envie aux Peuples de ces Contrées ſauvages
à qui le Ciel ſemble avoir tout refuſé! toi que
l'on comptoit autrefois à la tête des Nations flo-
riſſantes & redoutables, à quel degré d'abjection
je te vois réduite! A peine comptée dans le ſyſ-
tême politique de l'Europe, ſans force, ſans
nerf, ſans appui, te voilà livrée ſans défenſe aux
entrepriſes de tes ennemis, maîtres d'inſulter im-
punément à tes malheurs, maîtres de te démem-
brer, maîtres de te faire diſparoître d'entre les
Puiſſances. Et, comme ſi le poids de tes
maux n'étoit pas aſſez accablant, de nouveaux
malheurs te menacent encore : les Corps chargés
de l'exécution des Loix, aſpirent à l'indépendance;

---

(1) Peut-on douter du reſſentiment des Anglois & des
Hollandois, & peut-on douter qu'ils ne nous euſſent déjà
enlevé nos Colonies, ſans la maladie de Georges III,
& les rigueurs de l'hiver.

la Nobleſſe & le Clergé ſe ſéparent de toi, tu es
prête à être déchirée par tes enfants, & livrée aux
horreurs d'une guerre civile (1). A la vue de tant de

---

(1) Liés par le ſang & des intérêts communs, le Clergé
& la Nobleſſe ne font qu'un Corps, toujours prêt à s'élever
contre le Peuple ou le Monarque. L'odieuſe réſiſtance qu'il
oppoſe actuellement au vœu de la Nation & aux deſſeins du
Roi, devroit faire ſentir au Gouvernement combien c'eſt
une politique dangereuſe, que de réunir dans les mains
d'une ſeule claſſe de Sujets tous les emplois, de verſer ſur
elle toutes les graces, & de lui remettre ainſi des forces
qu'elle tourne enfin contre ſes bienfaiteurs.

Les voilà conjurés avec les Parlements contre l'Etat, &
déterminés à le plonger dans les horreurs d'une guerre
civile, plutôt que de ſe relâcher de leurs injuſtes prétentions.

Ils calculent leurs forces; mais au lieu de compter
leurs têtes, ils comptent les légions de mercenaires dont
ils croient pouvoir diſpoſer avec de l'argent. Beau calcul!
ſi le Peuple venoit aujourd'hui à les traiter comme leurs
aïeux traiterent autrefois les malheureux Habitants des Provinces qu'ils envahirent; s'il commençoit par piller leurs
maiſons, & ſe partager leurs terres. Comment ne ſen-
tent-ils pas que lorſque le frein des Loix eſt rompu, un

calamités, de quels remords cuisants ne doit pas être déchiré le sein de ceux qui t'ont donné d'aussi indignes Administrateurs ? Réveillé par les cris de la discorde, ton Chef tourne avec effroi ses regards vers toi ; il regrette avec amertume le malheur de s'être reposé des soins du Gouvernement sur des Ministres infideles ; il déplore l'abus qu'ils ont

---

Chef ne peut compter un instant sur des stipendiés, maîtres de mépriser ses ordres, de l'égorger lui-même, & de ravir ses dépouilles ? Comment ne sentent-ils pas, que bientôt écrasés par le nombre, ceux qui auroient échappé au fer, seroient réduits à fuir comme des proscrits, ou à gémir dans les liens ? Comment ne redoutent-ils pas les jeux de la fortune, lorsqu'une Nation belliqueuse a les armes à la main ? Qui peut répondre que le Propriétaire ne sera pas à son tour attaché à la glebe ? Qui peut répondre qu'un Prélat, un Comte, un Marquis, un Duc, un Prince ne sera pas à son tour assujetti à son Laquais ou à son Palfre-nier ? Considérations bien propres à faire trembler les oppresseurs, & à faire sentir aux grands & aux riches qui jouissent paisiblement de tous les avantages de la société, de ne pas pousser au désespoir un Peuple immense & courageux, qui ne demande encore qu'un soulagement à ses maux, qui ne veut encore que le regne de la justice.

C

fait de son autorité, il voudroit tenir seul les rênes de l'Etat : mais accablé sous la multitude des fonctions du Ministere, sous le poids des affaires publiques, il sent que pour remplir les devoirs sacrés du Trône, les forces d'un mortel ne suffisent pas. Il sent que le despotisme, toujours à charge à lui-même, finit par tout détruire; & qu'un Gouvernement modéré sert d'asyle même au Despote, dans les temps de confusion & de trouble; il sent que pour rendre à la Nation sa puissance & son lustre, il faut lui rendre sa liberté & la rétablir dans ses droits; il sent combien il importe à un Roi, que des Ministres ambitieux cherchent à distraire par de vains amusements, & que les flatteurs cherchent à corrompre, de ne s'entourer que de Ministres habiles & vertueux; il sent combien il est difficile à un Roi de découvrir par lui-même les hommes de son Royaume les plus dignes de sa confiance, & combien il est rare que dans une Cour corrompue, la vérité approche du Trône, qu'elle seule peut fixer son choix, & qu'elle ne se fait entendre que chez un Peuple libre; il sent, d'après la fragilité de l'humaine

nature , que le Miniſtre le plus vertueux eſt encore moins jaloux de la gloire du Monarque & du
bien de la Nation, que la Nation elle-même ; il
ſent que le ſeul moyen de ſauver l'Etat , eſt de
charger du ſoin de ſon ſalut les Repréſentants de
ſon Peuple , & de commettre à leur contrôle l'emploi des deniers publics ; il le ſent , & il veut que
la Nation jouiſſe à jamais de ces biens ineſtimables.

Béni ſoit le meilleur des Rois! L'eſpérance
renaît dans nos cœurs. Détournons nos yeux de
deſſus nos pertes , pour les porter ſur nos ref-
ſources. Non , non , de puiſſants ennemis ne par-
tageront point nos dépouilles , de cruelles factions
ne déchireront point notre ſein. Loin de nous la
méſintelligence & les diſſentions. Que le Sacer-
doce & la Nobleſſe continuent à jouir des diſ-
tinctions honorables ; mais que tous les Ordres de
l'Etat ſe rapprochent , que l'intérêt de notre ſalut
commun nous raſſemble , que la raiſon décide de
nos prétentions reſpectives , que la juſtice éternelle fixe nos droits , & que la qualité de Citoyen
uniſſe pour toujours les Membres diviſés de l'Empire.

CINQUIEME DISCOURS.

LA conſtitution de la Monarchie Françoiſe n'a point de Loix fondamentales , point de baſe fixe ; & il lui en faut une inébranlable, ſur laquelle elle repoſe à jamais. C'eſt dans l'Aſſemblée de la Nation , ſource ſacrée de toute autorité légitime , qu'elle ſera poſée.

Tout eſt perdu , mes chers Compatriotes , ſi la Nation aſſemblée par ſes Repréſentants, ne commence par aſſurer ſa ſouveraineté & ſon indépendance de toute autorité humaine. Pour cela, il eſt indiſpenſable que les Etats - Généraux, élus convenablement , s'aſſemblent de droit (1), dans un lieu choiſi comme ſiege , & qu'ils s'aſſemblent au moins une fois de trois en trois ans.

La Nation repréſentée étant le Souverain légitime , le Légiſlateur ſuprême , doit ſeule faire

____

(1) C'eſt-à-dire , ſans avoir beſoin d'être convoqués par le Gouvernement.

les Loix fondamentales de l'Etat , rectifier la
conftitution , & veiller à la confervation .de fon
ouvrage. C'eft donc à elle que les Miniftres doivent être comptables. de leur adminiftration ;
celui des affaires étrangeres , des traités & des
alliances contraires au bien public (1) ; celui de
la guerre ou de la marine , des opérations militaires contraires à la liberté publique ; celui des
finances , de l'emploi des deniers publics ; celui
de la Police , des coups d'Etat. C'eft à elle de demander le redreffement des griefs nationaux ,
le renvoi des Miniftres ineptes , la punition des
Miniftres corrompus. C'eft à elle de fixer le choix
des matieres foumifes à fon examen , & la police de
fes Affemblées. PREMIERE LOI FONDAMENTALE
DU ROYAUME, fans laquelle les Etats-Généraux ne
feroient qu'un vain fantôme. Convoqués dans quelques circonftances défaftreufes , pour combler
l'abîme de la dette publique , leur exiftence momen-
tanée dépendroit de la volonté du Gouvernement ;

---

(1) Tous les bons Patriotes efperent bien que les Etats-
Généraux prendront en confidération le Traité de Commerce conclu avec l'Angleterre.

& leur fouveraine puiffance fe borneroit à la rare prérogative d'accourir de tous les coins du Royaume à la voix du Chancelier, & de fouiller dans la poche de leurs Commettants, pour remplir le Tréfor royal, & fournir aux folies de l'Adminiftration, aux rapines des Courtifans, aux déprédations des Miniftres, & aux fripponneries des Commis, des Régiffeurs, des Employés. Pour confolider leur exiftence, ils ne doivent donc confentir les impôts que pour trois ans.

Si j'ai indiqué l'époque de leurs Affemblées à ce terme, c'eft afin qu'elles ne fuffent ni trop rapprochées, pour devenir onéreufes, ni trop éloignées, pour que les affaires long-temps accumulées devinffent embarraffantes.

Les Etats-Généraux ne pouvant veiller au falut de l'Etat, qu'autant qu'ils font affemblés, il eft indifpenfable qu'ils établiffent un Comité qui fiégera continuellement en leur abfence. Ce Comité fera chargé de veiller au maintien de la conftitution & à l'obfervation des Loix; de demander le redreffement des griefs publics & la réforme des abus ; de réclamer contre les coups portés à la liberté, &c. Il doit être peu nombreux, mais composé des hommes les plus distingués par leurs lumieres & leurs vertus ; & afin qu'il ne soit jamais tenté de se laisser corrompre, nul de ses Membres ne pourra accepter aucun autre emploi, & il sera tenu de rendre compte de sa conduite. Seconde Loi fondamentale du Royaume.

Quelques hommes assemblés ne sçauroient veiller sur tout un Empire, & être instruits des atteintes portées aux Loix, si les plaintes des opprimés ne parviennent jusqu'à eux. Et comment celles des malheureux, intimidés par leurs oppresseurs, réduits à la misere, privés de tout appui, ou détenus en prison, leur parviendront-elles, si ce n'est par des hommes assez courageux & assez généreux pour les rendre publiques ? Il importe donc que la Presse soit libre. Troisieme Loi fondamentale du Royaume.

Ici j'entends les suppôts du despotisme, du

charlatanifme & de la licence, s'élever contre une Loi qu'ils redoutent. Pour confondre leurs clameurs, je ne leur oppoferai qu'un fimple parallele.

C'eft que la France, où l'on ne peut, fans la permiffion du Directeur de la Librairie, & fans l'approbation d'un Cenfeur, imprimer qu'il fait jour en plein midi, eft, de tous les pays du monde, celui où l'on abufe le plus de la Preffe. Quelle multitude de livres obfcenes n'en fortent pas clandeftinement chaque jour ! Chofe bien rare en Angleterre, où l'on imprime librement tout ce qu'on veut, & fi rare, que Londres fournit à peine une feule de ces viles productions, contre cent qui éclofent à Paris.

En France, la Preffe n'eft pas feulement un inftrument de fcandale, elle devient auffi un inftrument de diffamation dans la main des méchants. Voyez cette multitude de libelles révoltants qui circulent fans ceffe dans le public, & où l'on n'épargne ni le Trône, ni le mérite, ni la vertu. Abus fans exemple en Angleterre, où les écrits anonymes ne font aucune impreffion, où la calomnie avérée est toujours punie, & où chacun peut attaquer ouvertement ses ennemis (1), quand il a pour lui la vérité constatée par des preuves.

En France, la Presse est encore un instrument d'oppression dans la main des hommes puissants, des Corps, des Censeurs eux-mêmes & de leurs amis. Veut-on écraser un individu isolé, sans manege, sans appui? on le calomnie dans un libelle; puis on l'empêche de publier sa

---

(1) Le dernier des Anglois a-t-il à se plaindre de quelqu'un, & ce quelqu'un fût-il un homme puissant, un Ministre, un Monarque? les Tribunaux lui sont ouverts, & il obtient justice. Mais comme il faut s'y renfermer dans le simple exposé des faits à l'appui de l'accusation, s'il croit tirer meilleur parti d'un Mémoire sanglant, où la raison s'arme des traits du ridicule, il le fait imprimer : puis, avant de le jetter dans le public, il en adresse un exemplaire à sa Partie adverse, avec une lettre qui contient les conditions auxquelles il attache le sacrifice de l'édition entiere : moyen qui n'a jamais manqué de produire son effet. Or la calomnie étant toujours réprimée chez les Anglois, ces Mémoires ne dégénerent pas en libelles.

justification , soit en mettant l'autorité en jeu à l'égard des Imprimeurs (1) & des Journalistes, ce qui arrive assez souvent ; soit en le faisant mor-fondre après une approbation qu'on lui refuse d'abord , & qu'on ne lui accorde que lorsqu'il n'est plus temps de faire revenir le Public; ce qui arrive plus souvent encore. Chose impossible en Angle-terre , où l'innocence peut toujours faire entendre sa voix, où les Loix répriment toujours l'oppres-sion, & où le Public embrasse toujours la cause des opprimés.

Enfin, la Presse est en France un instrument de séduction dans la main des hommes en place & des intriguants fortunés. Veut-on faire prendre un projet ruineux ? pour en imposer au Public ; on le fait annoncer avec enthousiasme, & on ferme la

______

(1) Combien de fois n'ai-je pas vu affiché sur le mur dans les Imprimeries de la Capitale : *De par le Roi, défense d'imprimer aucun Mémoire en faveur d'un tel ; défense d'imprimer aucune critique d'un tel projet , d'un tel ouvrage ?* Et pour me borner à un exemple frappant, je citerai celui du nouveau brigandage Encyclopédique.

bouche aux critiques. Chofe inouïe en Angleterre, où chaque Citoyen a droit de fcruter les vues des Miniftres eux-mêmes, d'éplucher leurs projets, & de les dénoncer à la Nation.

A tant d'abus criants, ajoutez-en un autre qui a des fuites fâcheufes, bien plus générales encore ; c'eft qu'en France, la Preffe favorife le defpotifme des Académies, toujours occupées à perfécuter les talents diftingués qui les offufquent, à éternifer les erreurs, à empêcher les vérités nouvelles de percer, à retenir le Public dans l'ignorance, & à le priver du fruit des découvertes utiles ; car les Académies n'en font point. Une Compagnie fçavante eft-elle jaloufe de quelque brillante invention, ce qui n'eft pas rare ? elle enchaîne, & Cenfeurs, & Journaliftes (1) ; & l'In-

______

(1) Il arrive bien quelquefois en Angleterre, que les Miniftres, voulant empêcher la fenfation que doit faire un ouvrage faillant, publié contre leurs projets, corrompent les Journaliftes ; mais leur influence n'a lieu que dans quelques circonftances extraordinaires, & ne dure qu'un moment. Il eft d'ailleurs très-rare qu'ils parviennent à s'emparer de tous les papiers publics, fur-tout fi l'Auteur

venteur infortuné qui a sacrifié ses veilles, sa santé, sa fortune à avancer le progrès des connoissances, s'épuise ensuite sans succès, pour tâcher de faire connoître son travail au Public. Chose inconcevable en Angleterre, où chacun peut librement faire valoir ses droits, & démasquer les charlatans lettrés.

Le dirai-je ? telle est en France la prostitution de la Presse, qu'il n'y a pas jusqu'aux Censeurs eux-mêmes, qui ne s'en fassent une arme pour vexer leurs ennemis, ou favoriser leurs amis.

En faut-il davantage pour confondre les clameurs de ceux qui s'efforcent d'éterniser ces horreurs ?

Rendue libre, point d'abus à redouter : pour prévenir la licence, il suffira d'obliger tout Auteur de signer ce qu'il publie, & de le rendre responsable des faits faux ou hasardés ; d'obliger tout

____

connoît le terrein, & s'il peut primer l'enchere. Ajoutez que l'Auteur a toujours la voie de faire débiter son ouvrage par les Libraires & Colporteurs, de faire courir des annonces dans tous les endroits publics.

Imprimeur de ne rien mettre au jour d'anonyme, sous peine de perdre son état ; enfin, de punir rigoureusement tout Libraire & Colporteur qui viendroient à débiter des ouvrages clandestins.

S'il n'y a point d'abus à redouter de la liberté de la Presse, que d'avantages n'a-t-on pas à en attendre ? Une fois établie, tout bon Citoyen veillera à l'observation des Loix, & contiendra dans le devoir les hommes chargés de leur exécution. Sont-elles violées ? tout homme courageux sonnera l'alarme, & sollicitera la vindicte publique.

Ainsi que d'abus odieux réformés ! que de jugements iniques redressés (1) ! que de projets désastreux culbutés !

Mais ce n'est pas là où se bornent les avantages attachés à la liberté de la Presse : elle anéantira à la fois tous les maux que traînent à leur suite les Censeurs Royaux ; machines inventées pour étouffer les cris de la liberté contre la tyrannie,

______

(1) On n'a pas oublié en Angleterre, comment un seul Citoyen (le judicieux Ramsai,) arrêta l'exécution d'un jugement inique, & empêcha le sang innocent de couler.

ceux de l'innocence contre l'oppreſſion , ceux de la raiſon contre le fanatiſme , ceux du mérite contre le charlataniſme ; machines inventées pour empêcher les eſprits de s'élever , les talents de percer , & le génie de déployer ſes forces.

Après avoir aſſuré la ſouveraineté de la Nation & la liberté publique , il faut aſſurer la liberté de chaque Citoyen , par l'abolition des lettres de cachet (1) , & la proſcription des coups d'autorité. Que ſi , dans certaines circonſtances où l'Etat eſt en danger , le Prince doit uſer d'autorité pour éviter les longueurs qu'entraîneroit le recours aux Tribunaux , il ſera tenu de les remettre , dans un

---

(1) Sans doute il eſt intéreſſant au repos de certaines familles , que le Prince puiſſe ſouſtraire de mauvais ſujets aux Tribunaux ; mais cette impunité de quelques individus devient funeſte au Public , parce qu'elle multiplie le mal auquel elle prétend remédier ; parce que les membres de l'Etat doivent être tous également ſoumis aux Loix ; parce que le déréglement de vie ne doit être le privilege d'aucune claſſe de Citoyens , & que le glaive de la Juſtice doit frapper indiſtinctement les coupables.

terme preſcrit, à une Cour de Juſtice, pour faire leur procès. QUATRIEME LOI FONDAMENTALE DU ROYAUME.

Il ne ſuffit pas d'aſſurer la liberté des Citoyens contre les coups d'autorité ; pour couronner le grand œuvre de la légiſlation, il faut encore aſsurer leur innocence contre l'ignorance ou la corruption des Juges.

Le Code criminel eſt le boulevard de l'innocence : car on ne ſçauroit punir un homme, quand on ne peut lui faire un crime d'une action permiſe ; mais pour cela, il faut qu'il ait des Juges intègres & impartiaux. Ce qui ne fait que trop ſentir la néceſſité indiſpenſable de la refonte de nos Loix criminelles, & de la réforme de nos Tribunaux.

Trois raiſons majeures doivent faire proſcrire nos Cours de Juſtice.

La première raiſon, c'eſt que des Juges qui inſtruiſent un procès à huis clos, peuvent à leur gré abſoudre le coupable & condamner l'innocent.

La ſeconde raiſon, c'eſt que des Juges, à vie ſe noirciſſent l'ame à la longue, par la vue con-

tinuelle des forfaits , & s'accoutument enfin à la
cruauté, par le fpectacle journalier des fupplices,
lors même qu'en débutant ils auroient un carac-
tere doux & humain. Que fera-ce, s'ils font d'un
naturel dur ou léger ! que fera-ce, s'ils ont acheté
le pouvoir de difpofer de la vie de leurs fem-
blables ! Auffi les Parlements de France paffent-
ils , avec raifon, pour des Tribunaux de fang.

La troifieme raifon , c'eft que des Juges par
charge manquent des lumieres néceffaires aux fonctions délicates de la Magiftrature , & contractent
néceffairement un efprit (1) de corps, fi contraire à

___

(1) Alarmés de ce que la Nation a enfin ouvert les
yeux , & humiliés de l'état d'abjection où ils font tom-
bés , les Parlements du Royaume fe livrent à la douleur.
Celui de Paris fur-tout , eft dans la confternation : mais
les têtes faines de la Compagnie, (car elle en a encore,
& beaucoup,) ne fe départent point des regles de la mo-
dération; au lieu que les têtes chaudes s'abandonnent à la
rage , & ne refpirent que la vengeance. Fureur aveugle !
elle ne fervira qu'à combler la mefure.

Leurs coups font principalement dirigés contre le Miniftre actuel des Finances. On fçait que deux Confeillers

l'adminiftration

l'adminiſtration de la Juſtice, que ſouvent le Monarque lui-même ne peut obtenir ſatisfaction.

____

frénétiques avoient formé le projet de le dénoncer à leur Corps. Et pourquoi ? pour avoir, par une derniere reſſource (uniquement due à la confiance qu'inſpire ſon intégrité), ſoutenu le crédit chancelant de l'Adminiſtration, ſauvé l'honneur du Monarque, & retardé la ruine des Sujets, la ruine de l'Etat. Cet odieux projet auroit excité l'indignation de tous les bons François ; il a occaſionné celle des Membres eſtimables de la Compagnie, & bientôt étouffé dans le ſein même de ſes auteurs, il n'a oſé ſe montrer au grand jour.

Qu'y avons-nous gagné ? C'eſt dans les ténebres maintenant qu'ils trament contre un Miniſtre digne de leur admiration, & qu'ils reſpecteroient, s'ils pouvoient reſpecter la vertu. Déjà ils ont travaillé à le dénigrer. Ne pouvant faire ſoupçonner ſon déſintéreſſement, ils ont cherché à inſpirer de la défiance ſur ſes intentions. Dans un libelle ridicule (dont la voix publique les nomme peres), ils ont tronqué, altéré, falſifié pluſieurs paſſages extraits de ſes précieux écrits, ils les ont rapprochés, & ſe ſont flattés de le repréſenter, par ce tableau infidele, comme le plus terrible ſuppôt du deſpotiſme. Lâches & inſenſés détracteurs ! ils peuvent amuſer un inſtant la malignité des ennemis du bien public : mais

D

Nos Parlements en ont donné mille exemples ? & pour en citer un tout récent, je rappellerai le Jugement rendu par le Parlement de Paris, au sujet des libelles publiés contre la Reine. Qui doute encore que si un Président à Mortier de cette Compagnie ne se fut trouvé impliqué dans l'affaire, ses complices n'eussent été déclarés coupables ?

Parlerai-je de cette affreuse coalition (1) des Parlements du Royaume, qui a éclaté en tant de circonstances, & notamment dans celle du malheureux Lally. Quel spectacle plus révoltant que de voir des Magistrats, conjurés contre la Justice, dévouer,

comment en imposer aux amis de la Patrie, comment en imposer à la Nation ? comment lui rendre suspects les desseins d'un Sage qu'elle voit à genoux aux pieds du Trône, pour demander le regne de la justice ; d'un Sage, qui n'aspire qu'au bonheur de la faire jouir des vues bienfaisantes du Roi ; d'un Sage, l'ami du Peuple & l'appui des malheureux, qui sacrifie au salut de l'Etat & ses veilles, & son repos ?

(1) Cette affreuse coalition existe dans tous les départements de l'Administration, & par un abus qui fait frémir, chaque Administrateur se trouve juge dans sa propre cause.

fans pitié au fer des bourreaux, tant d'innocentes victimes, plutôt que de fermer leur cœur à la voix de l'intérêt perfonnel ou à celle de l'amour propre !

Il eft temps de faire ceffer ces abus odieux.

Le meilleur moyen de les couper par la racine, feroit d'adopter la Jurifprudence criminelle des Anglois.

Mais fi on n'établit pas les Jugements par Jurés, que l'inftruction du procès foit publique; que l'accufé ait un Avocat; que les portes de fa prifon foient ouvertes à fes parents, à fes amis; qu'on ne le traite pas comme un malfaiteur, avant de l'avoir convaincu de crime; & que fon Jugement foit rendu à la face des Cieux & de la terre. Cinquieme Loi fondamentale du Royaume.

Enfin, lorfqu'on aura ftatué fur ces grands objets, on s'occupera de celui des impôts, fur lequel je n'ai qu'un mot à dire : c'eft que leur répartition doit être proportionnelle aux fortunes. Sixieme Loi fondamentale du Royaume.

Telles font, mes chers Concitoyens, les (1)
Loix fondamentales qui doivent former la bafe de

____

(1) Je me contente d'indiquer ici les points indifpen-
fables du premier travail des Etats-Généraux : car il en
eft plufieurs autres fur lefquels il faudra ftatuer, pour per-
fectionner la conftitution.

Un des principaux, eft de bien déterminer les limites
des différents pouvoirs de l'Etat.

Le pouvoir légiflatif leur appartient exclufivement : mais
la multiplicité des affaires qui fe fuccedent fans ceffe dans
un grand Royaume, ne leur permet de l'exercer que fur les
objets d'un intérêt général : fur tout le refte, ils doivent
donc en confier l'exercice au Monarque, à qui le pouvoir
exécutif, relatif aux affaires politiques & à l'adminiftration
intérieure, a été confié de même que la nomination aux
emplois.

Quant au pouvoir judiciaire, en matieres civiles & criminelles, il fera confié aux Tribunaux. C'eft au Confeil
du Roi qu'on fe pourvoira en caffation des Arrêts &
Sentences, d'un Tribunal quelconque, contraires aux
Loix ; & il aura le droit de renvoyer l'affaire devant un
autre Tribunal.

Mais c'eft devant la premiere Cour de Juftice du
Royaume, que le comité des Etats-Généraux pourfuivra

la conftitution, & qui affureront votre bonheur.
Loix facrées que la Nature a gravées au fond du
cœur des fages, & dont la voix confolante parle
au cœur de tout homme vertueux.

Et qui fera tenté de s'élever contr'elles, fi ce
n'eft d'ambitieux Miniftres qui craignent la lumiere,
de fcandaleux Prélats qui fe rient de la faintreté,
d'iniques Magiftrats qui redoutent la Juftice; ou
des frippons qui tremblent d'être obligés de re-

---

la punition des Miniftres & des Juges qui auront pré-
variqué. Le Prince ne pourra ni les fouftraire à leur Jugement, ni leur faire grace avant qu'il foit prononcé.

Un autre point capital, qui mérite particuliérement
d'occuper les Etats-Généraux, c'eft la refonte des Loix
criminelles. Ils doivent raffembler fur cet important ob-
jet, toutes les lumieres éparfes dans un grand nombre
de bons Ouvrages, & inviter les hommes inftruits du
Royaume à leur communiquer leurs vues & leurs obfer-
vations. Concours généreux & fublime, où l'Auteur s'ou-
bliant lui-même, pour n'être plus que Citoyen, ne doit
afpirer pour toute récompenfe qu'à la douce fatisfaction
de travailler au bonheur de l'humanité, & à la gloire de
fervir la Patrie !

D 2

noncer à leurs rapines, & de devenir gens de bien ?

Que ces ennemis de la Patrie crient aux innovations, au renverfement de la Monarchie. Nous répondons que nous n'innovons point, & que nous ne voulons point renverfer le Trône ; mais rappeller le Gouvernement à fon inftitution primitive, & corriger fes vices radicaux, prêts à perdre pour toujours & le Monarque & fes Sujets (1).

S'il faut dans un fiecle de lumieres prendre pour modele l'ouvrage des fiecles de barbarie, l'ouvrage des brigands ; qui ignore qu'à l'origine de la Monarchie, la fouveraine puiffance réfidoit dans l'Affemblée Nationale ; qui ignore que le Roi n'étoit que le Chef de l'Armée & de la Juftice ? Si par de longs abus de l'autorité qui lui fut confiée

---

(1) Ce n'eft point une grande Chartre qu'il s'agit d'obtenir du Roi, mais un Gouvernement légitime que la Nation doit établir. Et en ceci la Conftitution Françoife fera fupérieure à la Conftitution Angloife : car dans tout Etat bien ordonné, la Nation ne tient point fes droits du Prince, mais le Prince tient de la Nation fes prérogatives,

pour faire refpecter les Loix , des Miniftres audacieux l'ont enfin élevé au-deffus de leur empire,
ce n'eft qu'à force d'attentats & de crimes;
comment donc le pouvoir arbitraire feroit-il un
titre facré ? Ce n'eft donc rien retrancher des
prérogatives auguftes de la Couronne, que de ne
pas lui attribuer les moyens de ruiner la Nation,
& d'opprimer les Sujets. Mais quel Prince pourroit ambitionner de tels privileges ? quel Prince
oferoit les réclamer ? Et peut-on douter que
Louis XVI n'applaudiffe lui-même aux généreux
efforts de la Nation, pour fortir d'efclavage, &
à fa ferme réfolution de recouvrer fa liberté, par
tout ce qu'il a fait pour rompre les fers des Infur-
gents ; à moins de prétendre que lui feul a le
droit de tyrannifer les Peuples? Prétention infen-
fée, que fon cœur bienfaifant repouffe avec hor-
reur.

Ainfi l'intérêt du Roi, la fûreté de fa Couronne, & l'affection de fes Sujets, font autant de
puiffants motifs qui le preffent de confacrer *les
Loix fondamentales du Royaume :* ajoutons fon
amour pour fes Peuples, fon zele pour le bien

public , & la douceur qu'il goûtera en se reposant désormais du contrôle des fonctions du Minis-tere , sur le Conseil National ; seul jaloux de la prospérité de l'Etat & de la gloire du Monarque.

Que si , contre toute justice & contre toute ap-parence , le Gouvernement subjugué par des Con-seillers perfides , refusoit de ratifier solemnelle-ment ces Loix fondamentales , sans lesquelles la France ne se relevera jamais , il reste à la Nation un moyen décisif pour le ramener à la raison , c'est de lui refuser tout secours , de défendre dans chaque Province la levée des impôts , & de sévir avec rigueur contre tout délinquant. S'exposera-t-il à révolter les esprits par un refus injuste, qui pour-roit allumer une guerre civile , & renverser le Trône? S'exposera-t-il à inviter les Puissances étran-geres à en agir envers la France , comme la France elle-même en a agi envers les Insurgents? Exemple terrible ! qu'il doit sans cesse avoir sous les yeux ; & d'autant plus terrible, que l'Angleterre avoit encore des armées à envoyer contre les Co-lonies ; au lieu que le Gouvernement François n'en

auroit point à faire marcher contre la Nation,
Une défection foudaine lui enleveroit bientôt tous
les Militaires citoyens , tous les Militaires dignes
d'estime ; qui refuseroient d'assassiner leurs freres ;
& où prendroit-il de quoi payer les vils mercenaires qui lui resteroient attachés ?

Graces au Ciel , nous n'avons pas ce malheur
à redouter ; le Ministere actuel est composé
d'hommes sages & vertueux : affligés eux-mêmes
des calamités publiques , ils desirent sincérement
que l'œuvre de justice soit enfin consommé.

En attendant ce jour si desiré, où la Nation ,
livrée aux transports de sa joie , pourra s'écrier ,
je suis libre , quelle émotion délicieuse coule dans
mes veines, & pénetre mon cœur !

O ma Patrie , que je te vois changée ! Où sont
ces malheureux dévorés par la faim , sans foyers ,
sans asyles , & livrés au désespoir , que tu semblois
repousser de ton sein ? Où sont ces infortunés à
demi-nuds , épuisés de fatigue , pâles & décharnés ,
qui peuploient tes campagnes & tes villes ? Où
sont ces essaims nombreux d'exacteurs qui fourra-

geoïent tes champs, bloquoient tes barrieres &
ravageoient tes Provinces ?

Le Peuple ne gémit plus sous le poids accablant
des impôts. Déjà le Cultivateur a du pain, il est
couvert & il respire ; déjà l'Ouvrier & le Ma-
nœuvre partagent le même sort ; déjà l'Artisan
ne souffre plus du besoin, & le Ministre assidu des
Autels ne languit plus dans la pauvreté.

Du temple de la liberté jaillissent mille sources
fécondes. L'aisance regne dans tous les états ;
l'amour du bien-être anime tous les cœurs. Sûr
de recueillir le fruit de son travail, chacun s'éver-
tue & cherche à se distinguer : les arts se perfec-
tionnent, les atteliers se montent, les manufactures prosperent, le commerce fleurit ; la terre
enrichit ses possesseurs, ils connoissent l'abondance ;
& une multitude d'époux qui sacrifioient la posté-
rité à la peur de l'indigence, ne craignent plus
de te donner des enfants.

Que de nouveaux bienfaits accordés à tes vœux !
Des Loix odieuses ont fait place à des Loix justes,
mais inflexibles. Déjà le crime ne compte plus

fur l'impunité, l'innocence raffurée commence à repofer en paix, les méchants effrayés fongent à devenir gens de bien, & les noirs cachots ne retentiffent plus des fourds gémiffements de cette foule de coupables que le défefpoir y précipitoit.

A la voix de la fageffe, ont difparu ces Adminiftrateurs inhabiles, ces dévaftateurs, ces concuffionnaires, ces déprédateurs qui dévoroient tes entrailles; ces Juges corrompus qui te vendoient la juftice, ou qui la faifoient fervir à leurs paffions criminelles; ces lâches diffamateurs qui affligeoient la vertu; ces effrontés fpéculateurs qui dépouilloient la fimplicité crédule, ces intriguants défœuvrés qui enlevoient les récompenfes du génie laborieux. Déjà le mérite fe montre, les talents percent, ils fe confacrent au bien public, & fe difputent à l'envi l'honneur de faire fleurir l'Etat.

Plus de préférences déplacées, le Monarque appelle à lui de toutes parts le mérite perfonnel.

Il éloigne des Autels les Prêtres fcandaleux; il ne veut plus que le pain du pauvre foit la proie des Ouvriers du luxe, des femmes galantes, des proſtituées ; il demande des Miniſtres de l'Evangile, du zele & des mœurs. Quelle forme dans l'Egliſe ! Déjà ſes Dignitaires ne s'enivrent plus de délices & de voluptés : déjà ils ſe diſtinguent par leurs lumieres & leurs vertus.

Une Nobleſſe nombreuſe, qui attendoit dans l'oiſiveté & la diſſipation les graces du Prince, comme un patrimoine, ſe réveille de ſa léthargie : déjà elle a renoncé à l'indolence. Humiliée du mérite des claſſes moins élevées, elle cherche à en acquérir ; elle ſe livre à l'étude, elle cultive les arts, les ſciences, & ne veut plus de repos, qu'elle n'ait brillé à ſon tour.

Combien de ſujets diſtingués rempliſſent les divers emplois ! A la tête des armées & des flottes ſe montrent la valeur & les talents. Dans les Tribunaux brillent le ſçavoir & l'intégrité : dans les Académies, l'amour de l'étude, l'eſprit de recherche, la ſcience, le génie. L'Aſſemblée Nationale, illuſtrée par ſon patriotiſme, ſa noble émulation, devient le berceau d'une multitude d'Hommes d'Etat ; & le Monarque qui trouvoit à peine un Sujet digne de fa confiance, n'eſt plus embarraſſé que du choix de ceux que lui nomme la voix publique pour chaque département, tous capables d'occuper le premier poſte, tous jaloux de ſervir leur Pays & leur Roi.

Chere Patrie, je verrai donc tes enfants réunis en une douce ſociété de freres, repoſant avec ſécurité ſous l'empire ſacré des Loix, vivant dans l'abondance & la concorde, animés de l'amour du bien public, & heureux de ton bonheur! Je les verrai formant une Nation éclairée, judicieuſe, brillante, redoutable (1), invincible, & leur Chef adoré au faîte de la gloire!

A ce tableau touchant, ô mes Concitoyens, qui

---

(1) Il n'eſt point de climat plus heureux que celui de la France, point de naturel plus heureux que celui de ſes Habitants. A une organiſation qui les rend très-propres aux exercices du corps, & qui favoriſe au mieux le dévelop-pement des facultés intellectuelles, ils joignent l'amour de la gloire, & on a droit d'en attendre les plus grandes choſes, lorſqu'ils ne ſeront plus légers par air, & frivoles par éducation.

de vous n'a point treſſailli d'allégreſſe, qui de vous
n'a point partagé mes tranſports ? . . . . Mais quelle
triſte réflexion vient en ſuſpendre le cours ! Ne
vous abuſez point : ce bonheur dont l'image vous
enchante, ne doit être le prix que de votre ſa-
geſſe & de votre courage. Si vous en manquez,
il s'évanouira comme un ſonge, & un affreux
réveil vous retrouvera dans la miſere & dans les
fers. Puiſſe le feu divin de la liberté, qui toujours
brûla dans mon ſein, enflammer le vôtre ! puiſſe-
t-il redoubler vos efforts, & ne faire de tous les
bons François qu'une ame & qu'un cœur !

F I N.

9 782011 340832